AF312733

COLLECTION "APOLLON"

DIRIGÉE PAR LÉON BOCQUET

LOUIS PERGAUD

POÈMES

PARIS

ALBERT MESSEIN, ÉDITEUR

19, QUAI SAINT-MICHEL

1928

POÈMES

CE LIVRE,
LE PREMIER DE LA COLLECTION
" APOLLON "
DIRIGÉE PAR LÉON BOCQUET,
A ÉTÉ TIRÉ
A CINQ CENTS EXEMPLAIRES NUMÉROTÉS :

18 exemplaires sur japon, numérotés de 1 à 18 ;

25 exemplaires sur papier d'Arches, numérotés
de 19 à 43 ;

457 exemplaires sur Annonay à la forme, numérotés de 44 à 500.

IL A ÉTÉ TIRÉ EN OUTRE :

25 exemplaires hors commerce destinés à la presse.

———

EXEMPLAIRE N° 52

LOUIS PERGAUD

POÈMES

PARIS

ALBERT MESSEIN, ÉDITEUR

19, QUAI SAINT-MICHEL, 19

1928

LE COUCHER DU COQ

Muezzin bigarré des minarets de l'heure,
Debout sous la coupole ardente de l'été,
Il a mêlé son hymne aux hymnes de clarté
Que le jour éclatant chante aux vieilles demeures.

Parmi l'aiguail perlant les frondaisons qui pleurent,
Il a dressé l'orgueil de son cimier denté,
Et ses ergots sanglants, épiquement plantés,
Sont deux mortels défis aux rivaux qui demeurent.

Ses poules vont franchir le seuil de la chaumière,
Prêtre du culte ardent et clair de la lumière,
Il songe, un temps, muet, d'aurores nostalgiques ;

Puis, cambré sur le socle étroit d'un tronc rustique,
Du chant vermeil et pur de son gosier d'airain
Salue la mort pourprée des étalons divins.

LES BŒUFS A L'ABREUVOIR

Dès l'aube, sous l'œil clos de l'abat-foin des granges,
Vautrés sur le fumier qui colle leurs poils roux,
Ils regardent béats se reposer les jougs
Près des croisées où le linceul du gel s'effrange.

Le vieux bouvier remplit de foin les râteliers
Et, sur les noirs pavés que l'urine corrode,
Le bruit de ses sabots trouble la torpeur chaude
Où les bœufs font craquer leurs grands muscles d'acier.

Foulant le rire épais des bouses étalées,
Les croupes frémissant lorsque le fouet les touche,
Ils s'en vont en ruant vers l'auge accoutumée.

Et saouls des énergies qui font leurs reins vibrants,
Les mufles allongés dans un appel farouche,
Meuglent éperdument vers l'horizon de sang.

LA VEILLÉE

De l'âtre écussonné d'un grand lys héraldique,
L'ombre, comme un rôdeur, à petits pas s'approche ;
Au dehors, sur les champs, s'effeuille un son de cloche
Et la retraite meurt dans l'air mélancolique.

L'aïeule a raconté, branlant son chef antique,
La Vouïvre et son front où la perle s'accroche
Et, sous un vent de peur, les rêves s'effilochent
En ce soir pastoral frère des soirs bibliques.

Les grillons se sont tus dans leurs loges de cendres,
La flamme du foyer se tord en bleus méandres
Léchant de baisers lents et chauds la crémaillère.

Et la nuit et le vent complices de la pluie
Qui font gémir la vitre et crépiter la suie
Creusent jusqu'à l'effroi le cerne des paupières.

LES HIBOUX

Le bras du jour qui meurt s'abolit au vitrail.
Par l'air enlinceulé de la rumeur des cloches,
On dirait que la vie inscrit, d'un geste gauche,
Son horreur du mystère au fronton des portails.

Exhalaison putride aux lèvres du sol mou,
Ce qui reste des morts remonte vers les fentes,
Et, comme un philtre bu sur les seins d'une amante,
Fait miauler d'amour les sinistres hiboux.

Sur le geste de fer d'un grand Christ éperdu,
Par la croix où se nouent leurs vols silencieux,
Le soir hanté qui passe a l'air d'être velu.

Et la nuit, s'ajustant étroitement aux cieux,
Frémit de leur amour qui semble en ce décor
Vouloir féconder l'ombre et rénover la mort.

L'AUVENT

Sous l'argent des chéneaux qui cravatent le dôme
Écailleux d'une tour où le soleil flamboie,
Les vertes fresques de la vigne se déploient
A la face du mur que casque le vieux chaume.

Le double auvent du toit que la paille cilie,
Au mystère émané de lucarnes jumelles
Prête la grâce émue d'enfantines prunelles
Que la beauté du monde aux pures joies convie.

Le mur de chaux sourit de toutes ses lézardes
Au Priape en haillons debout dans le jardin
Que le maître des dieux a commis à sa garde.

Mais le front de la porte où claironne le coq
Montre au lieu du pénate ou du lare romain
La sereine douleur d'une vierge de roc.

L'ÉVEIL DU VILLAGE

Salué par la voix virile de la cloche,
Il a, sous le manteau d'argent bleu des fumées,
Ployant de leur douceur l'essor de la journée
Dans l'eau du jour levant baigné son front de roche.

Quand le soleil, cambrant ses ergots de clarté
Au seuil frais de la vie béante de la terre,
A chanté au néant son hymne de lumière,
D'un ample geste d'or il vêt sa nudité.

Simple, sous la coupole enluminée de paix
Qui verse la douceur aux vieux chaumes moisis,
Il tend les ventres ronds de ses murs décrépits
Aux chastes baisers chauds du gai soleil de mai.

Les cigales d'été aux élytres sonores
Vont frôler la fraîcheur odorante de l'herbe
Et les versets des coqs alternent leur superbe
Comme les litanies joyeuses de l'aurore.

Alors, âme enfumée, de sagesse couverte,
Quand le travail au jour sonne de l'olifant,
Son grand cœur lézardé verse sur ses enfants
La pétulante ardeur de sa vieillesse verte.

Aux moissonneurs partant vers la blondeur des plaines
Le geste de ses bras indique les chemins,
Car il sait, contempteur apeuré des demains,
Qu'il faut, au soir de l'an, que les granges soient pleines

Et que les gros gars de la glèbe aux bras puissants
Rentrent le foin bien sec embaumant les étables,
Avant que le temps ait, de son geste immuable,
Fauché son andain sombre au boulingrin des ans.

Village qu'adula mon enfance lointaine,
Du fond de mon exil quand le matin s'éploie,
Je sens encore en moi mon cœur crier sa joie
De lancer par ma chair du vieux sang de ta veine.

Tes chaumes ne sont plus qui couvaient sous leurs ailes
Chaudement la candeur naïve de mon âme,
Mais l'ardoise de cendre ou la tuile de flamme
Convie encor mon cœur aux haltes fraternelles.

Oui, la combe est pareille où le sentier s'enfonce,
Pareils les verts buissons, noueux, bagués d'épines
Et, sur les crêts velus, ainsi que des ruines,
Nos vieux murgers comtois tout chevelus de ronces.

Le soleil va fourbir la lance du clocher
Qu'un rayon plus ardent caparaçonne d'aube ;
Regarde au bord des toits bigarrés de ta robe
Fumer dans l'air l'haleine calme des fumiers.

Que tes lézardes rient à la bonté qui lève
Comme autrefois l'Étoile aux levants de ta foi,
C'est ton âme, je crois, qui fume et sur les toits
Suit son idéal blanc de douceur et de rêve.

Voici qu'une aube en moi de souvenirs frissonne
Et le désir aussi me mord d'aller demain
Vivre paisiblement du travail de mes mains
Sous un de tes auvents qu'une vigne festonne.

Qu'un regret tout-puissant tranche le nœud gordien
Qui noue ma chair fiévreuse aux servages stériles,
Pour que, dans la splendeur de tes éveils tranquilles,
Je me refasse un cœur aussi pur que le tien.

ÉTÉ

Un givre de clarté tressaille sur la crête
Du coteau où l'aurore aux verdures s'unit
Et où la symphonie amoureuse des nids
Mêle aux couleurs le chœur sylvestre de leur fête.

Sur la nuit, nue d'odeurs, le pur matin déploie
D'étranges harmonies de parfums et de sons
Qui font lever au cœur de généreux frissons,
De crépitants espoirs et des rumeurs de joie !

C'est l'Été dont la voix multiple et chaude éclate
En couleurs, en lumière, en formes, en chansons,
Violant d'un geste de clarté l'horizon
Que le printemps frôla d'un souffle d'aromates,

L'Été dont les clairons vont chanter dans ma tête
La joie de me mêler aux choses et de vivre,
Affranchi dédaigneux des êtres et des livres,
Dans la sérénité farouche de la Bête.

MATIN DE CHASSE

Des rumeurs entr'ouvraient la robe du silence
Et la pudeur du jour rougissait l'Orient
Lorsque le feu des chiens mena nos pas pesants
Vers la forêt dressant ses fûts comme des lances.

Chasseresse puisant à son carquois qui luit,
D'où le jour s'échappait en longs rayons d'or pur,
L'Aube lançait parmi les clairières d'azur
Les flèches de l'aurore aux fauves de la nuit.

Sur les glaives brillants des herbes du taillis
Les braques reniflaient bruyamment la rosée
Ou, tour à tour, levant leurs gros museaux rosés
Donnaient au lièvre roux dans les brandes tapi.

Des insectes surpris se coulaient sous les mousses,
Les bourgeons distillaient leur gomme protectrice :
Un premier rayon chaud filtra du jour propice
Et fiança mon rêve au dernier jet des pousses.

Le clair matin païen reprenait tout mon cœur
Si loin par son désir de mon siècle barbare ;
Quand le lancer soudain claironna sa fanfare,
J'étais un dieu sylvestre aussi, libre et moqueur.

La voix des chiens multipliée par les échos
Éperdument jetait des rafales d'abois
Et le faune éveillé aux clairières des bois
Énervait l'air vivant du choc de ses sabots.

Dans la tranchée tendant son geste rectiligne,
Le lièvre déboulé, grave sur son cul blanc,
D'une oreille attentive interrogeait le vent
Et ses yeux latéraux flambaient de peurs insignes.

La meute se pressait derrière lui, plus vite,
Sous la ronce flexible étirée comme un lien
Où les sylvains furieux au passage des chiens
Tendaient sournoisement des rêts de clématites.

Un concert effrayant déchaînait ses accords
Sous la voûte effondrée des rousses frondaisons ;
La passion en moi darda ses aiguillons
Et vint cingler mon cœur d'un beau désir de mort.

Sur les halliers pesait une angoisse plus lourde :
Alors, pris de l'émoi qui traversa les temps,
Je te fis, Artemis, ainsi qu'aux jours d'antan,
Une libation du vin pur de ma gourde.

NOCTURNE

Sur des oreillers de senteurs
Qu'un souffle ténu bouleverse,
Le chant d'un rossignol se berce
En des langages de langueur ;

Tout le jardin s'ablue de lune
Comme si des doigts fortuits
Avaient, sous leur résille brunc,
Natté les tresses de la nuit.

De l'espace, où les caravelles
De l'aurore s'élanceront,
Le vent lève son gonfanon
Frangé d'antiques ritournelles,

Dispersant les chœurs du printemps
De ses cohortes infinies
Qui font tournoyer sur la vie
Leurs silences intermittents.

Des rayons d'étoiles combinent
Avec la sveltesse des lys
Le palais blanc rêvé jadis
Pour les noces de Colombine,

Où quelque échanson bénévole
Pour des convives enchantés
Verse à flots laiteux la clarté
Qui mousse aux coupes des corolles.

Des parfums coulent leurs baisers
Au col frêle des jeunes roses,
Vierges candidement écloses
D'une souffrance de rosée ;

Et mon front lourd d'éternité
Peut, dans les chaumes d'or du verbe,
Lier en une seule gerbe
Ces trois javelles de beauté :

Lueurs, parfums, rumeurs de bruits
Fondus en moi pour le poème
Tel qu'il semble que mon cœur même
Scande la marche de la nuit.

J'AI GRANDI, LIBRE ET SAIN...

J'ai grandi, libre et sain comme un arbre en plein vent,
L'air vif de la Comté tanna ma rude écorce
Et, gonflant de santé les bourgeons de ma force,
Me fit un front farouche avec un cœur d'enfant.

Le malheur, paternel, a veillé sur mes ans,
Les destins déchaînés ont fait fléchir mon torse
Sans que la peur, ce vin dont le désir se corse,
Ait fait chanter plus clair les sources de mon sang.

J'ai jeté ma jeunesse au loin comme un manteau
Dont je laisse, pensif, du fond des capitales
Polluer la blancheur et froisser les lambeaux ;

Mais des désirs puissants ont rénové ma sève
Et les haines soufflant des montagnes natales
Ne pourront plus courber les tiges de mon rêve.

AGONIE

L'Idéal est trahi ; c'est l'hégire du rêve
Et les derniers héros de ton culte, Beauté,
Emportent le Graal du verbe ensanglanté
Hors des fanges du siècle et des poisons du glaive.

La vile soif de l'or a desséché les sèves
Et nul regard d'amour et de mysticité
Ne cherche dans la nuit pesant sur la Cité
L'astre consolateur dont le cycle s'achève.

Seuls quelques cris levant des antiques colères
Fument encor d'orgueil vers le Moloch vorace
Mais nul n'espère plus l'annonciateur austère

Et la vierge païenne et le sauveur nouveau
Dont la vie et la mort enflammeraient les races
Pour le rachat du songe et le règne du beau.

RÉVOLTE

Si l'ombre de ma foi plus languide s'allonge,
Ma jeunesse, soleil qui bronzait ses bras roux,
Fait encor poudroyer au vertige des trous
Des rayons de vigueur que nul chancre ne ronge.

La race veule coule éclaboussant mes songes
Et ses rauques rumeurs, suscitant mon courroux
Au bord du flot de fange où luttent ses remous,
Ont parfois arrêté mon cœur à leurs mensonges.

Mais, montant par degrés du fond des nuits ferventes,
J'ai gardé dans mon sein ma haine tout entière
Et fait trêve un moment aux colères levantes,

Pour que mon cœur gonflé de vertes énergies
Cingle un jour au fumier pourri de leur litière
Les dogmes et les lois, les ciels et les patries.

VENGEANCE

Si quelque vision passe en mon cœur désert,
Désillusionné des soirs et des aurores,
Et si quelque désir en mes jours sème encore
Le grain d'où peut lever quelque bonheur amer,

C'est de voir s'élever des horizons d'enfer
Dont le rêve vaincu longuement s'évapore,
Comme un vautour sacré dont le règne s'essore,
Le culte vil promis à nos siècles de fer ;

L'or, la fange et le sang nouant leur triple étreinte
Pour étrangler le songe aux maillons de leurs chaînes ;
Et moi, ressurgissant des révoltes éteintes,

Secouant les brandons du rêve ranimé
Et broyant sous mes poings, digne enfin de ma haine,
Ce veau d'or tout-puissant que nul n'a blasphémé.

BLASON

Si la vague berçant les vanités humaines
Venait lécher un jour les piliers de mon cœur
Et que l'Art, consacrant des victoires sereines,
Ciselât leur symbole à des frontons vainqueurs,

Au lieu de l'écu d'or semé de fleurs hautaines,
O source, je voudrais en sa toute fraîcheur,
Dans un ciel ablué de ta candide haleine,
Ton ruissel, fiançant à mes vers sa douceur ;

Tes lignes encadrant un berceau de lumière
Dorlotant un flot pur de cristal épanché
Comme un beau pleur roulé d'une orbite de pierre,

Et, sur tes bords hantés de héros fabuleux,
Sous l'héraldique essor d'un hêtre au front penché,
Une Chimère d'or baisant ton miroir bleu.

CHANT D'AUBE

Pour vaincre dans l'espace et le temps vide et nu
La conjuration de l'ombre et du silence,
Ma ferveur supputant de nobles alliances
Avait suivi sans peur des chemins inconnus.

Les rumeurs enlaçant les sillages multiples
Pour saluer le jour pavoisaient de chansons
La nef d'aube surgie au loin dans l'horizon
Au retour du nocturne et ténébreux périple.

Seule au fond de l'espace épuré du mystère,
La forêt hérissait ses sombres pont-levis
Si noire qu'on eût cru qu'en ses houleux parvis
La nuit avait parqué ses phalanges guerrières.

Mais je marchais, allié des armées de l'aurore
Et mon verbe, tonnant comme un buccin de foi,
Faisait frémir au fond du sinistre sous-bois
Les monstres fabuleux que le soleil dévore,

Nous avancions ainsi farouches, pas à pas,
Lui vêtu de lumière et moi bardé de rêve
Comme deux conquérants ivres du sang des sèves,
L'un descendu d'en haut, l'autre monté d'en bas.

Et, debout dans l'orgueil brutal de la victoire,
Quand la pourpre royale eut frôlé mon sayon,
Mon regard confronta, planté dans ses rayons,
La virile noblesse à la divine gloire.

STANCES A LA MORT

Je te salue, Divine, ô seule Taciturne,
Suzeraine des fiefs du temps et de l'espace,
Puisque je vais sonder, sans regrets, face à face,
L'abîme pressenti de ton regard nocturne.

J'ai dépouillé le lâche humain, vide d'audace,
Et ma volonté nue que raffermit la vie,
Vierge de compromis, sans haine et sans envie
Fièrement dans ses mains prendra mes mains de glace.

Dans les arènes d'aube où piaffent les sèves
Sous les molettes d'or des soleils bien fourbis
Mon ennui viager sera le linceul gris
Sur lequel saigneront les gouttes de mon rêve.

Une à une, dans l'urne immense du néant
Qu'embrasse ton amour dans ton geste de pierre,
Et plein du souverain mépris de la prière,
Je les verrai tomber sans un frémissement.

Car il sied à celui dont rien n'a pu troubler
La sereine douleur et la fierté pensive
De s'abîmer sans cris dans tes ténèbres vives
Comme un soleil couchant qui ne doit plus briller.

O Mort, ô Mère auguste, éploie sur moi ton aile
Ouvre ton giron noir au cœur digne de toi,
Et tends sur l'accent fier de ces mots sans émoi
Un pan de ton manteau de silence éternel.

TABLE DES MATIÈRES

Le coucher du coq. 5

Les bœufs à l'abreuvoir. 7

La veillée 9

Les hiboux 11

L'auvent. 13

L'éveil du village 15

Été. 19

Matin de chasse 21

Nocturne 25

J'ai grandi, libre et sain 29

Agonie 31

Révolte 33

Vengeance. 35

Blason. 37

Chant d'aube 39

Stances à la mort 41

ACHEVÉ D'IMPRIMER

LE SEPT DÉCEMBRE 1928

POUR ALBERT MESSEIN

PAR

L'IMPRIMERIE CH. HÉRISSEY, A ÉVREUX.